Para Oscar y Maminou Meeow
S.B.

Título original:
Meeow and the little chairs

Primera edición: marzo de 2011

Created and produced by Boxer Books Ltd Uk
Spanish translation rights arranged with Boxer Books Ltd Uk
© 2011 Libros del Atril S. L., de esta edición
Av. Marquès de l'Argentera, 17, Pral.
08003 Barcelona
www.piruetaeditorial.com

Impreso por Brosmac, S. L.
ISBN: 978-84-15235-01-9
Depósito legal: M. 4.056-2011

Miau

y las sillitas

Sebastien Braun

pirueta

Este es Miau.

This is Meeow.

Miau es un gato negro.

Meeow is a black cat.

¡Hola, Miau!

Hello,
Meeow!

Estos son los amigos de Miau.

These are
Meeow's friends.

Beee
Baa

Muuu
Moo

Cuak

Quack

Guau

Woof

Han venido a jugar.

They have come over to play.

Miau lleva su sillita naranja.

Meeow carries his little orange chair.

Baa carries
a green chair.

**Beee lleva
una silla verde.**

**Woof carries
a blue chair.**

Guau lleva
una silla azul.

Quack carries
a red chair.

Cuak lleva
una silla roja.

Moo carries a little green flag.

Muuu lleva un banderín verde.

Meeow and his friends put their chairs in a line.

Miau y sus amigos ponen en fila sus sillas.

**Moo has a
yellow whistle.**

**Muuu tiene
un silbato
amarillo.**

Miau mira dentro de su bolso amarillo. ¿Qué has encontrado, Miau?

Meeow looks in his yellow bag. What have you found, Meeow?

¡Ding! ¡Dong! ¡Ding!

Miau tiene una campana.

Ding! Ding! Ding!

Meeow has a bell.

Muuu sopla su silbato y agita su banderín verde.

Moo blows her whistle and waves her little green flag.

They all sit on
their little chairs.

Todos se sientan
en sus sillitas.

What can they be doing?

¿Qué estarán haciendo?

¡Ding-ding!
¡Choo-choo!

Ding-ding!
Chuu-chuu!

Miau ha hecho su propio tren.

Meeow has made his very own train.

¡Qué listo eres, Miau!

Clever Meeow!